그만해라 가을산 무너지겠다

황금알 시인선 236

그만해라 가을산 무너지겠다

초판발행일 | 2021년 11월 27일

지은이 | 신영옥
펴낸곳 | 도서출판 황금알
펴낸이 | 金永馥
주간 | 김영탁
편집실장 | 조경숙
표지디자인 | 칼라박스
주소 | 03088 서울시 종로구 이화장2길 29-3, 104호(동숭동)
전화 | 02)2275-9171
팩스 | 02)2275-9172
이메일 | tibet21@hanmail.net
홈페이지 | http://goldegg21.com
출판등록 | 2003년 03월 26일(제300-2003-230호)

ISBN 979-11-6815-006-5-03810

*이 책은 2021년 인천문화재단 창작지원금을 지원받아 제작되었습니다.

그만해라 가을산 무너지겠다

신영옥 시집

황금알

풀섶 외진 곳에 물웅덩이가 생겼습니다

거울같이 맑은 물속에 파란 하늘이 가득 누워있고

하얀 양털구름과 나뭇가지, 무표정한 말뚝과 망초꽃들이

빠끔히 들어와 앉았습니다

실바람이 다가와 주름진 물살을 즐깁니다

생명 탄생의 신천지,

물웅덩이가 생기면 물고기도 생긴다는데

바람난 시어들만 놀고 있습니다

오늘은 나르시스의 물고기가 되어 풍덩,

시상에 빠져 놀고 싶습니다

차 례

2부

3부

1부

산국화

해질녘 양지바른 산길에
홀로 노랗게 웃는 산국화
어린 산새들처럼 산내를 빙빙 돈다

바람에 넘어질 듯 넘어질 듯
말긋말긋
눈망울이 말간, 그러다가도
낮술에 취한 듯
두리번 두리번

저 꽃
하나를 보니
내 몸에서 국화주 향내가 난다

봄이래

아 글쎄 어느 날 훈훈한 바람이 슬슬 다가오더니
아무 데나 찾아가 마구 안아 버리는 거야
구석구석 어루만지고 쓰다듬고 보듬는데 와~
세상이 온통 미치더라
하늘과 땅 사이 신열이 가득 노곤하고 싱숭생숭해지고
가랑이 벌린 가지마다 가슴이 두근두근 울렁울렁 오장
육부까지 환장하겠지
그렇게 내통하더니만 금방 배들이 봉곳
바람이 책임지냐?
요것들이 손을 저으며 애타게 찾는데 형형색색의 눈물
들을
펑펑 쏟는 거야
봄이래

입춘

잔설이 산머리에 하얗게 누워있다.
저 산머리 훌렁 까져야 봄이 오는데
한강도 얼어붙어 꼼짝 못 하는 이른 아침에
절기를 앞세워 '立春大吉' 메시지가
새 빛처럼 문간에 서 있다

그새 강추위 속에서도 봄이 들어섰다
햇발이 길어진 듯하고 하늘 나는 새소리도 맑다
꽃을 좋아하는 나는 벌써 섬진강변의 매화를 생각한다
앞산, 진달래의 붉은 여울목도 떠올린다
슬쩍 냉이와 꽃다지 들어와 얼굴을 내민다

젖먹이 놓고 떠나간 시모님의 기일을 생각하는 사이
봄볕은 동네 귓바퀴를 돌아
길섶 마른 숲에 붙은 얼음 속 알갱이를 녹인다
햇살이 싱그러워
겨우내 잠든 화분들을 꺼내어 마당 양지쪽으로 옮겨
놓는다

너무 일찍 서두르는 건 아닌가 싶다

우수

밖에는 눈이 사납게 쏟아지는데
베란다 화분에는 새순들이 파릇파릇 돋아나고 있다
게발선인장 발가락 끝에도 빨간 꽃물이 맺혔다
봄이 발돋움을 한다
그러고 보니 입춘이 지난 지도 오래
겨우내 엉겨 붙은 눈꽃들이 물꽃으로 길을 나선다
동네 건너편 산모퉁이 돌아가는 개울물 소리가 힘차다
물소리 풀어내는 이즈음
어머니는 지난가을에 갈무리해둔 메주를 꺼내어
뽀얗게 닦아 간장을 담그셨다
장독대에서 소금물 젓느라 손이 시려 빨개졌는데도
바람이 뼈대가 없다 부드럽다 하시면서

화톳불 가진 봄눈이
꽁꽁 언 긴 겨울을 녹여내고 있다

3월

창문을 여니
오래도록 기다리던 봄비가 내린다
새벽부터 조곤조곤 내리는 빗줄기가
세상을 촉촉이 적신다

나무들은 저마다 입 벌려 목을 축이고
겨우내 눌어붙은 거리의 때곱들을 벗겨 버린다
그처럼 추웠던 겨울의 끝자락도
연일 맴돌던 황사와 미세먼지 누더기 바람도
맥없이 쓸려나간다
그렇게 흘러내리는 빗물로 땅바닥이 질척하다

한바탕 설거지하듯 쏟아낸 새벽 비에 말끔히
닦여진 아침
하늘이 환히 열리고 여린 햇살이 쏟아진다
발목이 굵은 매화나무에 꽃눈이 트이고
겨우내 솟대처럼 새들이 올라 재잘거리던
벚나무 밑동에도 젓니 같은 새싹이 돋아난다

이제 달포가 지나면
길가의 계집아이들이 빨간 모자를 쓰고
골목을 환하게 누빌 것이다

석양

몸 굴리며 왔다 여기까지
뜨거운 입김 흥건히 뿜어내며 허기지게 달려온
고단한 몸 아래
저녁 바다 성큼 일어나 날개를 펼친다
다가서는 어스름 덮일까
하늘 잡고 등 언저리 풀어 환히 낭창낭창 타는 살
더 바랄 게 뭐 있나
마지막 순간까지 싸안은 이 뜨거움
가장 낮은 세상 다 풀어 사르고 가리

해 한 덩이 기우는 하늘

월미도에서 1

해를 땄습니다
노을 지는 저녁 해를 땄습니다
따서, 내 안에 걸어놓았죠

걸어 놓은 건
저녁 햇살에 물든
붉은 하늘이 좋아서고요
종일 달궈진 햇덩이가
농익은 과일 같아 달콤해서요

수면으로 내려앉는 저 아름다움
노을로 채워주는 그리움입니다

월미도에서 2

오늘도 월미산은 진초록 앞치마 펄럭이며
짭조름한 낭만을 즐긴다

허리춤 살짝 넘으면 기다렸다는 듯 발끝에 닿는 바다
잔잔한 파문들이 달려와 비릿한 갯내음을 토한다
늘어선 인천대교가 한 획의 수평선을 그어 가면
저 멀리 팔미섬, 강화섬, 자월섬, 영종섬들이 묵직한
몸으로 다가선다
유람선 꽁무니에 붙어 배회하는 선창가 갈매기들
새우깡이 뭐라고, 뱃고동 소리에도 놀라지 않는다

짙푸른 물결 속이 물고기들의 놀이마당이라면
늘어선 해변도로는 인간들의 놀이마당이다
바다열차 교각 아래 길가엔
이미 팬터마임, 연날리기, 회전그네 타기, 가요무대로
난장판이다
촌로와 아이들, 그리고 손을 꼭 잡은 연인들
저마다 농게처럼 팔을 뻗고, 농게처럼 걸으면서
날 선 햇볕에 몸을 말리며 갯바람 솔솔 빨아 먹는다

저녁 어스름이 내리면
저마다 눈빛은 바다를 향해 가슴을 연다
빨간 해넘이의 창문을 통해
주홍빛 번지는 날개를 본다고

소꿉친구

햇볕에 따뜻한 담을 기대고 돋아난 어린 풀떨기
저들끼리 몸 붙들고 졸망졸망 앉았네
내 어릴 적 피난 나와 살던 산동네 숭의동 소꿉친구들
처럼

채송화 같고 분꽃 같고 백일홍 같고 죽순 같던 아이들
지게에 물초롱 달고 철로 변 샘물터에 가 총총총
물 나르던 아이들
학교도 못 가고 동생을 등에 업고 또 데리고
동네 마당에서 종일
고무줄놀이, 공깃돌놀이, 땅뺏기놀이로 하루를 보냈던
땅에다 숫자 써가며 열심히 산수 공부했던
아침에 학교 가는 아이들을 바라보며 무척 부러워 힘
없이 서 있던
병우 인숙이 숙자 세영이 그리고 정식이와 금옥이
공무원이 되었고 시의원이 되었고 교장이 되었고
사업가가 되었고
모두모두 잘 되었다는 소문
지금은 나이가 70이 넘어 다 내려놓고 들녘의 억새꽃

처럼
　머리가 하얗게 폈겠지
　판잣집 문간을 추억으로 담은
　어렵던 시절도 향기로울 때가 있구나
　보고 싶다
　만나서 옛 얘기 해가며 울고 웃고 싶다
　저렇게 파란 새싹들처럼 졸망졸망 앉아서

솔방울

겨울의 짧은 햇살 물고 솔잎 가지에
솔방울이 날개를 활짝 폈다
켜켜이 벌어진 속살
들여다보면 아무것도 없는
알갱이 털어낸 비쩍 마른 고갱이다
그 남루한 고갱이 품에서
에두른 숨결이 경련처럼 일어나
꽃이 아닌 꽃의 모습으로
무명의 꽃으로
초록이 흐르는 소나무 생가지에 앉아
세상이 낯선 듯 또렷이 바라보고 있다

여름을 파먹는 아이

매미 소리 요란한 뜨거운 여름 한낮
손자 녀석이 평상에 앉아 수박 반 통을 놓고
붉은 단물 철철 흘리며 수박 살 긁어내어 먹는다

올라가고 내려오고
내려오고 올라가고
정신없이 자맥질하는 아이의 손가락이 여름을 마구 찔러댄다
파란 피막이 찢어져 살점이 떨어지고 과즙이 흐르고
까만 씨알까지 사방으로 흩어져
쨍쨍한 바닥이 붉은 조각으로 낭자하다
아이는 땀방울에 과육에 얼굴이 벌겋다

기척을 느끼고 돌아보는 아이의 눈동자가 동그랗다
멋쩍은지 손등으로 입술을 쓰윽 닦고 싱긋 웃는다
허연 뱃살을 내민 수박도 허허~

여름을 파먹는 아이의 헤벌림
매미 소리도 요란하게 여름 한낮을 파먹고 있다

* 위의 여름은 수박을 뜻함

빈 화분을 본다

그 아이들 다 어디로 갔을까
홀로 남겨진 쓸쓸한 몸뚱이
텅 빈 집처럼 허전하고 온기마저 없다

오직 자식들만 사랑했던 품 안

싹 틔우고 꽃 피우기까지
바람에 넘어질까 햇볕에 목마를까 배고프지는 않았을까
몸속의 것 죄다 풀어 보듬고 달래고 껴안고 키운
아픈데 없이 부끄럼 없이 튼튼히 잘 자라 달라고
애써 키운
그 아이들 다 어디로 갔을까

때로는 고됨도 고픔도 아픔도 많았을 둥근 뱃속
비에 꺾이고 병들어 쓰러질까 봐 두려웠던 나날
그래도 그 안에서 그 속에서
생생히 피어나 방글거리는 아이들을 보면
좋아서 행복해하던 푸근한 둥지

지금은 다 떠나보내고
혼자서 추억만 떠올리는 쓸쓸한 몸뚱이
빈 화분을 본다

목련나무

아파트 화단,
목련나무에 꽃눈이 봉긋하게 솟아올랐다
겨우내 품고 있던 배들이 만삭이 되었다
모래집이 터지기를 기다리는 저들은
어디서 온 혼령들인가
웅크리고 바라보는 세상이 만만치 않은지 가슴 바르르
떤다
추웠으리라
몸이 온몸이 추웠으리라
그나마 따뜻한 햇볕에 몸을 녹이며 품고 있던 열망이
이제 어둠을 벗고 살포시 일어선다

백조의 자태처럼 선한 눈빛으로
하늘 향해 하늘하늘
등불 되어 환히 켜놓을 것이다

백목련

텃새 떼지어 나는 하늘길
봄날,
솟대 솟은
하얀 그리움

흑인 인형

오래전 뉴욕에 갔을 때 풋콩같이 예뻐 갖고 온 흑인 인형이다

검붉은 피부에 짧은 곱슬머리, 툭 불거진 이마가 유난히 빛난다
하늘색 긴 치마에 샛노란 가운이 잘 어울리는 소년
두 줄의 목걸이까지 걸쳤고 긴 나무 지팡이가 소중한 듯 두 손으로 가슴에 감싸 안고 있다

이 깜찍한 인형을 보고 있노라면 멀리 아프리카 원시 부족 마을이 떠오른다
붉게 물든 하늘과 푸르른 들녘에서 기린. 얼룩말, 치타가 뛰어가는 초원의 풍경이 그려진다
순간 어린 벗들과 껑충껑충 뛰고 달음질치고 물장구치며 장난하는 어린 시절도 오버 랩 된다
그립듯 애절하고 가련한 시선으로 유독 정감이 가는 것은 너무 어려서이고 먼 곳에 혼자 와있다는 외로움이다

후에 뉴욕에 가는 길이 있다면
목걸이와 팔찌를 두둑이 걸친 원색으로 차려입은 엄마
를 데려와 곁에 나란히 두고 싶다
그래야 너도나도 외롭지 않을 테니까

2부

봄

봄이 팝콘처럼 터졌다
빨
주
노
초
파
남
보
색색의 꿈들이 일어나 알알이 여기저기 꽃들로 피어난다
봄이 꽃으로 피고 지고 한다

산수유꽃

저기, 산비둘기 날아와 모이 찾는 산발치
산수유나무에 노란 꽃잎이 앉았다

톡톡 터져 살포시 웃는
한 줌의 꽃 향이
하늘거리며 산을 노랗게 적신다

올려다본 하늘가
노란 숨결로 가득하다

꽃들이 봄을 가꾼다

꽃들이
온 산하를 다 깨워 봄을 지킨다

매화꽃 지면 산수유꽃, 산수유 지면 백목련꽃
백목련꽃 지면 연달래꽃 피고, 연달래꽃 지면
진달래가 피어나고, 진달래 지면 철쭉꽃 피어나고
아카시아꽃 피워 향기 질펀해지면
슬며시 밤꽃 냄새가 찾아온다

봄을 붙잡고
생애 한 번인 것처럼 목젖 풀어놓는 꽃불들
한 번 가면 다시 오지 않는 삶,
이 좋은 세상, 이왕이면 한껏 살다 가겠다고
꽃들이 봄을 가꾼다

속 노랑 고구마

가을볕이 따스한 시장 골목에서
아줌마들이 모여들어 고구마를 산다

금방 땅속에서 솟은 듯
붉은 흙내가 촉촉한 것들 앞에 서서
싱싱하고 예쁘다 하며
속 노랑 고구마가 당도 높고 섬유질이 풍부하다고
또 뭐 뭣에 좋다고 수다 떨며 모두들 산다

나도 꼽사리 끼어 한 바구니 산다
다이어트에 이끌리기보다는
생전에 달고 물렁해서 좋다며 즐겨 자시던
어머니 생각이 떠올라서
마음 복판에 앉아 내다보시는 듯해서

뻐꾸기 울음

봄이면 앞산에 날아와 늘 우는 산새가 있다
초상이 난 것처럼 뻐꾹 뻐꾹
나뭇잎들도 슬픈 듯 푸른 몸 자꾸 뒤척인다
아무래도 그놈의 산새가
하늘에나 울음을 꽂은 모양이다
그러지 않고서야 저토록 울 리가 없지
기어이 상주喪主로 날아온 뻐꾸기
제의를 목에 걸고 하늘에다 신위를 꽂았다
숲을 깃발처럼 내걸자
속리산에서 삶을 거둔 늙은 노송이 오고
덫에 걸려 죽은 지리산의 하얀 반달곰도 찾아오고
로드킬당한 지렁이도 오고
외제 황소개구리에게 먹힌 등이 파란 청개구리도 오고
지하도 모퉁이에서 얼어 죽은
노숙자의 한 서린 눈빛도 보인다
심지어 처마에 걸린 목어까지 다 와있다

거뭇거뭇 일렬로 선 두루 귀신들에게
하얀 찔레꽃 향을 피운다

이슬 받아 목에 걸고 뻐꾹 뻐꾹 제를 올린다

실은 뻐꾸기 고놈이 남의 둥지에 알을 낳아 놓고는
애가 타서 우는 울음인데

백두산길을 오르다 1
— 서파西坡 코스

가파른 능선을 타고 오르는 아득한 계단
백 개, 천 개, 천 사백 개의 층계를
하나씩 밟으며 올라간다
골짝에 녹아 흐르는 말간 얼음장 옆으로
자욱한 안개비에 얼굴을 묻고

패랭이꽃, 동자꽃, 은방울꽃 여린 야생꽃들의 숨결이
귀엽고 정겹고 애처롭다
천지를 향한 대열이 장관을 이룬다
어린아이에서 허리 굽은 노인들까지
영산의 길에 핀 또 다른 야생화 같다

가마꾼들의 가쁜 숨소리와 안개비가 뒤섞여 숨바꼭질
한다
이마 위 산봉우리도 나타났다 사라졌다 변덕이 심하다

가쁜 숨 토해내며 정상에 오르자
아. 거기엔 거대한 호수, 천지가
벌거벗은 몸으로 시퍼런 눈을 번뜩인다

백두산길을 오르다 2
— 북파北坡 코스

궁금도 하고 그립기도 해서 달려온 먼 길

적막한 산천의 언덕길은 인산인해다

마치 하늘 머리까지 개미군단의 행렬 같다

천년, 만년 묵은 영산의 혼령을 깨우려나

속세의 인간들이 저리 요란을 떨어도 꿈쩍 않는다

고요가 시퍼렇게 깊다

하산 길의 우렁찬 비룡폭포

목덜미 굵은 천지의 숨소리다

카톡 편지

친구로부터 카톡 편지가 왔다

마루 끝에 걸터앉아 물끄러미 밖을 내다보고 있는데
텃밭에 쭈그리고 앉아 호미질하는 엄마가 있어 벌떡 일
어나 쫓아가듯 마당에 이르렀을 때, 그새 엄마는 보이지
않고 볕만 무수히 쏟아지는 배추밭만 있다고 스쳐 간 환
상에 그리움이 젖어 눈물만 펑펑 쏟았다는 이야기

나도 덩달아 줄줄 울고 말았다.
천상에서 마실 나온 엄마를
늙은 딸이 몰래 훔쳐본 그 행복이 부러웠다

내 어머니는 어찌 된 일인지 꿈속에서조차 보이지 않
는다
너무 일찍 돌아가셔서일까
한 번만이라도 엄마! 하고 부르고 싶은데….

엄마가 떠날 때도

봄은 다시 찾아와 제 몸을 풀어낸다
꽃 진 자리마다 서운치 않게 새잎들 돋아나
연둣빛 숲을 깔아놓는다

엄마가 떠날 때도
그 산자락 실바람들 달려와 구슬프게 풀잎들 울렸는데
숲속 뻐꾸기도 다가와 뻐꾹 뻐꾹
목젖이 붓도록 애타게 울었는데

아—
연둣빛 산하를 보면
혹여 길 가다가 뻐꾸기 소리 들리면
엄마 생각이 나서 마냥 울고 싶어진다

인연因緣

개나리, 진달래 벌써 천상으로 가네
냉이꽃, 제비꽃도 덩달아서

꽃단장 분단장 접고 시든 눈시울로
먼 길 나서는 길목
바람 한 줌 찾아와 머뭇대고
햇살 한 줌 들어와 어루만지네

먼저 간 큰 누이 목련처럼
다시는 못 본다 하며
꽃도 바람도 햇볕도 서로 이별하네

녹차 한 잔

심심한 마음도 가실 겸 차 한잔 내어놓는다
푸른 향내가 고인 찻물에 둥긋이 내 마음이 흐른다

언젠가 분통이 터진다면 들어온 고모에게
내어드린 연푸른 차 한잔
냉수 한 사발 들이켜듯 꿀꺽 마시고는
숨 한번 깊게 들이 내쉬고는
잠잠—

오늘 음미해본다
꾹꾹 눌러 가라앉힌 마음은
푸른빛 머금은 차 한잔 아니었을까
그 마음 어루만져 고스란히 몸속으로 들어와 후끈 풀
어진
말갛게 덮어준 그 한때
고요한 녹차 한잔에도 염력念力이 있네

줄타기
— 하우스 오이

햇볕이 가득한 비닐하우스 안
천장에 매단 줄을 붙들고 오이꽃들이 줄타기한다
목덜미가 짧은 노란 녀석들
제 몸보다 큰 시퍼런 날개를 발치에 달고
포근한 햇살 받아먹는다

먹어야 산다고 먹어야 튼튼히 살아간다고
생기 차서 반짝이는 꽃송이마다 붓을 든 농부의 손길
이 잦다
붓과 꽃이 한 몸 되어 보듬고 비비고 쑤시고 후비고 털고
비릿한 숨결의 박동 소리가 후끈하다

그새 씨방이 봉곳
시든 오이꽃 밑에서 연푸른 머리통을 슬쩍 내밀었다

탯줄 붙들고 줄줄이 달린 녀석들
살비듬 풍기며 매끈히 잘 커간다
봄 한 철을 야금야금 다 빨아먹어 실팍하게 살찐 몸뚱
이가

가시 돋친 시퍼런 성깔과는 다르게 보드랍고 달다

주인 덕분에 줄타기 잘한 녀석들
예쁘고 잘 생겨서 시집 장가도 잘 가겠다

자화상

나보고 고추같이 매운 여자라 하는 그,
그로 인하여 그로 하여금
청초한 초록 각시가 독이 올라 빨갛게 익어버렸다

가는 세월 겹겹이 휩쓸려 찌그러진 속
왜 사는지도 모르면서 사느라고
야물 차게 매달린 삶

눈에 불을 켜고 악다구니로 마음먹자
생의 고초를 다 넘긴
빡빡하고 맵게 익은 당찬 고추

고추장같이 매운, 낯이 빤한 아줌마가 돼버렸다

딸아이 시집가는 날

꽃으로 물든 오월의 봄날
드디어 사과 같은 예쁜 내 딸이 시집을 간다

기쁨과 어여쁨을 가득 모으고
청사초롱
환히 켜놓은 양가의 촛불이 향기로울 즈음

사돈의 관계가 이뤄지면서
며느리가 되고
사위가 되고
한 가정이 탄생하고

축복받으며 신혼여행가는 딸을 보자
기쁨도 잠시
마음이 허전해진다

하룻밤도 아니 갔는데
벌써 그리움이 돈다

백년손님

사위는 언제나 어려운 손님으로 여겨진다는 말에
공감이 간다

맞이하는 마음이 반가우면서도 서먹하고
정감이 가면서도
멀리 가까이 거리감이 가는 그 조심스러움

남이던 청년이 내 집에 들어와 식구가 되었다는
인식이 쉽게 풀어지지 않아서일까

한 달에 한 번 정도 집에 오는데
장인 장모님이 좋아하시는 게 뭘까 하고
오기 며칠 전부터 생각에 잠긴다고 한다

나날이 친근하고 미더운데도
허물없이 대할 수 없는 사이는 어쩐 일일까

아마도 그것은 사람이 사는 필연의 정도인 듯싶다

3부

가을산

저기 저 시퍼런 숲에 나뭇잎들 수다수다 떨며
들썩거리는 것이 뒤적거리는 것이 수상쩍다 했더니만
어머, 저것들 저 푸른 입가에 빨간 물드네 노랑 물드네
올라가고 내려가고
유별 떠는 몸짓 저것들
떠나려는 준비에 마음이 들떠가지고
술렁술렁 골짜기마다 절벽마다 색색의 층을 이뤄
현란케 하는 북새통에 산이 온통 아수라장
속절없이 번져 가는 단풍이여 산길이여 사람들이여

그만해라 가을산 무너지겠다

갈대

백발이 되고서야 세상을 보네

굽어진 야윈 몸에
누런 옷 하나
걸친 삶
욕심 없는 자태가 소박해서 오히려 넉넉해 보이네

풀 섶마다 빈자리뿐
허전해도
혼자 남은 외로움 아름다워 보이네

가을로 가득한 세상 모퉁이 돌며 손짓하네

9월이 오면

빈방에 귀뚜라미 들어와 귀뚜르 귀뚜르 노래한다
가을이 왔다고
가을 소리 들으라고 밤 깊도록 불러댄다

그러잖아도 가을 맛보러 통영에 간다
굴 맛이 싱싱해서 좋다며
굴밥 먹으러 오라는 친구 보러 간다

통영에 눌러앉아 굴까는 작업에 삶을 붙인 소꿉친구
중년, 장년이 넘어 노년을 이른 지금까지도
내 벌어 내 먹고 산다 하며
늘 자신을 그리는 감꽃 같은 친구

한동안 잊었다가도
소슬바람 불어오면 생각게 하는
그리움 그득해
귀뚜르르 보채는 귀뚜라미 소리 앞세워 통영에 간다

그 집 복사꽃

돌담 너머 복사꽃이 화사한
골목길을 지나다가
볼 일 급해 무작정 열려 있는
대문으로 들어갔다
엉덩이를 잡고 두리번거리며 찾았으나
아무도 없다
고요해
볼 일도 못 보고 엉겁결에 뛰어나오다가
도둑놈처럼 뛰다시피 오다가
멀찍이 뒤돌아본 그 집 복사꽃
아이들처럼 모여 까르르 웃는다

자작나무 숲에서

강원도, 원대리 자작나무 숲속을 거닐다

파란 하늘 아래 세상하고는 먼 산등성이에
하늘 가까이 서 있는 자작나무 나무들
숲이 노랗게 빛난다

저기, 누런 잎들이 소슬바람 풀어내고 있는
골짝에
공중에 올라
이리저리 맴돌다 떨어지는 나뭇잎들

이제 가야 한다는 준비를 이룬 것처럼
미련도 아쉬움도 없이
웃음인지 울음인지 모를
마른 옷깃 흔들며 모체에서 떠나고 있다

가장 가벼운 몸으로 떠나는
저 많은 잎들의 영혼은 어디로 가는 걸까
세상 끝 너머 어디쯤일까

싸한 살냄새 풍기며
하늘 받치고 꼿꼿이 선 하얀 몸들이
마치 기도하는 구도자의 모습을 생각게 한다

산벚꽃 길

듬직한 나무의 팔뚝을 잡고 활짝 웃는 산벚꽃들로
세상이 환하다
가득 채운 충만함을 준다

꽃처럼 태어나 꽃처럼 살고픈 생각이 들 때
느닷없이
바람이 불어오더니
꽃잎들 후르르 떨어져 붉은 노숙자로 흩어진다
한 철도 못 보낸 생, 고작 이런 건가

한편 나뭇가지에서는
아직 꽃술이 마르기도 전인데
연둣빛 새잎이 돋아나 꽃들 툭툭 떨어내고 있다
시샘인가 질투인가
밀어내고 밀려나는 인생도 저런 것인가

꽃잎들 떨어져 겹겹이 앉은 그루터기마다
아지랑이 굽은 햇살들이 멀거니 서 있다 간다
아무 일 없다는 듯이

여름 한낮

초록이 번지는 나무숲에서 시퍼런 벌레 햇살 깨어 밥 먹어요 꿈틀대며 잎사귀 갉아 먹어요 사각사각 살점 떼 내는, 조각조각 뜯기는 아픈 소리 파고들 때마다 가슴이 사르르 녹아요 갑자기 검은 구름 떼 몰려와 하늘을 덮자 어둔 하늘에서 소나기 하얗게 쏟아져요 바람이 껑충껑충 뛰어 떡갈나무 곁으로 가네요 나뭇잎들 죄다 놀라 자빠지고 고꾸라지고 엎어지고 혼절한 난장판에 반짝 비 그치고 하늘이 말갛게 벗겨지네요 무지개 쫑긋 일어나 얼굴 내밀고 햇살 그득히 앉아 간질간질 몸 비비며 노는 풀밭에 허리 붉은 고추잠자리 하늘 올라 휘젓고 휘젓는 하늘에 매미가 꽁지 치켜들고 고부라지게 울고 웃는, 속에 것 다 풀어 놓은 여름 한낮 나팔꽃 오므려 씨알 품네요

시 낭송대회

입상入賞

얼마나 이루고 싶었던 소망이었던 가
틈만 나면 음조를 맞춰 읊어댔던 시구들
목젖까지 반들반들 길들여져
한 점 실수 없이 발표하려 했건마는

예외로 긴장된 상태로 머릿속이 하얘서
심중이 잡히지 않아 그만 깜빡 문장을 잊어버린 상태
결국 헛발만 내디딘 모양새였다

시든 잎처럼 씁쓸히 돌아오는 길
아파트 담장 넘어 늘어진 싸리꽃 숲에서
난데없이 송장메뚜기 한 마리 툭 튀어나와 앞에서
폴짝폴짝 뛴다
뛰어봤자 허공에 능선을 그려봤자 아무것도 없는
그도 내처럼
마음 한 조각 잃어버린 무게 중의 하나인가

어디선가 전파를 타고 들려오는 각설이 타령이 흐드러
지게 핀다

일기 예보

하얀 꽃 찔레가 초여름을 달고 앉은 산자락에
흙을 두둑하게 올리고
고구마 순 꽂는 할아버지 어깨너머로 땀방울이
흥건히 젖어 들다

햇볕은 할아버지의 땀방울을 연달아 풀어놓고
할아버지의 땀방울은 연달아
고구마밭 만들고

푸석해진 마른 밭에 오는 반가운 소리

낮 방송이 오늘 저녁에
큰비 오겠다고
못가의 개구리처럼 개굴개굴 쏟아낸다

붙박이 삶

여름을 타고 꽃들이 흠뻑 피어났다
색색의 꽃잎들이
암내를 피듯 유난히 곱다
내뿜는 향기 찾아
팔랑거리며 날아드는 벌 나비 떼
이꽃 저꽃 옮겨 앉아
쿡―
삽입하는 숨결이 소리 없이 아파져 온다
이따금 산들바람이 들어와 쫓아내지만
그때뿐
아서라 그냥 어우러지게 내버려 두어라
애초부터 꽃과 벌 나비는 화냥년이고 난봉꾼인데
붙박이 삶을 어찌 막으랴

스트레스

몸속에 꾀병 같은 아픔들이 방고래 연기 차듯 우르르
몰려다닌다

어느 날은 머리통에 또 어느 날은 옆구리로 가슴으로
콱콱 박혀

순간순간 숨도 제대로 쉴 수가 없다 그러다가도 언제
그랬나 싶게 감쪽같이

편안해진다 그런 날은 남편이 청소해주고 고분고분 말
잘 듣는 날 그도

잠시 이번에는 엉뚱하게 잠을 거부한다 정신이 말똥말
똥 빗발처럼 내리친

신경 띠 물러서지 않는다 그런 날은 숫자가 많은 카드
결제가 날아드는 날,

앞이 캄캄히 눈꺼풀이 내려앉자 갯골로 별들이 무수히
쏟아진다

남편

내 살아가는데 동반이자 지기인 당신

사랑으로 내 속에 가득 차올라 동그마니 앉은
울타리같이 든든한 당신이지만
참 많이도 싸웠다

연륜의 강물이 맑아지기까지
내가 당신 되고 당신이 내가 되기까지
울컥울컥 치미는 모서리들을 부둥켜안고
굴리며 굴러가며 참 많이도 싸웠다

이제 나이도 들어 느긋이 있을 만도 한데
역마살은 여전해
시절이 무미하다며 느닷없이 훌쩍 날아
굴뚝새처럼 멀리 돌다 다시 돌아와 제자리에 앉는.
당신은 소년인지 노년인지

"그만 세상 구경하시고요
컴퍼스 모양 짝꿍 되어 둥글둥글 삽시다요."

둘째 아들

꽁꽁 얼은 겨울 아침
까치 소리가 요란하다
창밖, 나뭇가지에 앉아 짖어댄다

무슨 좋은 소식 있으려나
취직 문제로 늘 고심하는 둘째 아들이 떠오른다
군에서 복무할 때는 건강과 안전사고가
지금은 취직이 걱정이다

마음이 여린데다 술까지 좋아해서
실수를 잘하는 아들
마음가짐이 부족하다고 늘 일러줘도 그때뿐
무척 가슴 타게 한다

그럼에도 미움은 곧 사라지고
애정이 가는 것은 부모의 마음일 테지
오늘도 아들의 걱정으로 마음이 무겁다

창밖은 여전히 까치 소리로 요란하다

둘레길에서

승학산 둘레길을 걷는다
이른 새벽이라 조용한 숲속
골짜기를 핥는 개울물 소리가 정겹다
빽빽한 소나무 숲에서 향기로운 솔향이
왔다 갔다 맴돌다 옷자락에 붙는다
초록의 숨결이 신선한 것은 신이 내린 선물

하늘 지붕을 이룬 산마루 듬직한 바위에 올라선다
아침 해가 자욱한 구름을 벗겨내며 힘차게 떠오른다
어둠에 묻혀있던 온 산이 붉은 옷으로 갈아입는다
참 곱고 아름답다
나도 한 송이 붉은 꽃이 되어 산에 서 있다
산이 붉으면 같이 붉고
산이 푸르면 같이 푸른 초록 나무들 아래
산자락 붙들고 조금조금 앉은 산동네가 마치
꼬막조개가 앉은 바닷가 같다

그런데 얘네들 어디 갔지?
쪼르르 나와 나무와 풀숲 사이를 오가던

다람쥐와 청설모, 산꿩, 딱딱구리, 뻐꾸기 등
안 보이네 어디 갔지?

하얀 찔레

나는 보았다
네가 언덕배기에 앉아 하얗게 웃고 있는 것을
누군가 그리워하고 있는 것을
향긋한 꽃내음 풀어놓고 애타게 기다리고 있는 것을
그토록 기다리다 외롭게 가버리는 것을
내내 있다 떠난 자리에
핏물 같은 시린 열매 쓸쓸히 맺혀 있는 것을

찔레야
네 고요한 영혼이 캄캄한 하늘에
별꽃으로 촘촘히 뜨는구나

4부

봄날의 오찬

햇살이 따스해지자
진달래, 개나리, 산수유, 목련, 매화, 라일락 요것들이
온몸에 뾰루지가 돋아나
낮이고 밤이고 긁어대더니
와르르 드디어 터져 버렸네

저마다 만개하여 화사한 제 모습
제 빛깔로 이름표를 달고
그 많은 꽃등을 달아 놓았네
그 많은 사랑을 풀어 놓았네

팍팍한 세상을 훈훈히 펼쳐놓은 봄날의 오찬

결실

빨간 맨드라미 꽃판에 까만 씨알들이 반짝반짝
수없이 박히는 한낮
텃밭의 배추가 통통히 노랗게 속이 든다

두 가을

노인이 갈꽃 한 다발 손에 들고 휘적휘적
길을 걷는다
일렁대는 갈꽃 향기
저녁 햇살에 한 줌씩 날린다
노인과 갈꽃
갈꽃과 노인
외롭고 쓸쓸한 마음 닿았던가
한 몸 되어 우줄우줄 수런거리며 툭툭 치며 킥킥거리며
그림자 길게 또는 짧게
춤추고 노래하고 맴돌고
저녁노을이 지는 길 위에 그윽이
두 가을이 놀고 있다

여름 동백
— 지심도에서

잠들었다 깊이깊이
소리소리 질러도 뜨겁게 불 질러도
도무지 꿈쩍하지 않는다
등골이 차가우면 눈 뜰까
한숨 자듯 짙푸른 숨결만 흘린다
발길 닿는 길섶마다 푸른 새끼들
줄기줄기 뻗어 하늘 덮은 숲속에
어디선가 동백 부르는 노래 가냘프게 들린다
가락은 점점 숲 흔들어 가슴 적신다
바다 건너, 네 환장한 붉은 모습 보러 때 없이 찾아온
것은
아니지만
살얼음 피는 동지. 섣달에나 볼거나
시퍼렇게 미친 여름 한낮 아득하구나

땅강아지

향일암에서 내려오는 길목에서였다
향긋한 냄새가 그런 듯 만 듯 실바람처럼 흘러
코를 벌름거리며 이곳저곳 기웃거렸을 때
길모퉁이의 첫 집
낡은 기와집을 둘러싼 허름한 흙담에
인동초가 늙은 구렁이 담 넘어가듯 몸을 틀고 앉아
잎줄기에서 하얀 꽃을 피워 올리고 있다
순하고 연한 꽃송이가 내뿜는 향기에 코를 가까이 대
고 맡다가
흙을 파헤치며 기어 다니는 땅강아지를 발견했다
참으로 오래만에 보는 곤충이다
어릴 때 마루 밑 주춧돌에서 본 후 처음이다
반가움에 꽃 향도 잊고 땅강아지에만 시선이 쏠렸다
짧은 앞다리로 바지런히 가는 뒤를 귀여워 졸졸 따라
갔으나
곧 흙지푸라기 속으로 숨어버렸다
재빨리 지푸라기를 헤치며 찾았으나 아쉽게 놓치고 말
았다
교묘하게 숨어버린 고놈이 눈에 선하게 밟힌다

징그럽지 않은 귀여운 모습, 또
어디서 볼 수 있을까
정다운 유년의 친구와 헤어지는 기분처럼 허전하다

자월도에서

바닷가에 와 앉았다 메꽃 한 송이
파도 소리 구르는 모래밭 위에 가느다란 줄기 하나
붙들고

오래전 포구에 앉아 엉엉 울던 섬 아이 설움 같다

그날도 평상시처럼 "나갔다 오마" 하고 바다로 나간
어부 아버지의 약속에
꼭 돌아올 것만 같아
발목까지 푹푹 빠지는 모래밭에
초승달 같은 발자국 찍으며 울어대던 아이

그해 섬마을의 벼랑은
뭍사람들의 가슴까지 적셨다
바다는 언제 있었냐는 듯이 파도만 덥석 잡아 밀어낸다

서러움에 시린 섬 아이는 다시 메꽃 속으로 숨어들고
물살에 쓸리는 조개껍데기 머뭇머뭇 몸을 씻는다

가련한 죽음

초저녁에 본 박꽃은 환했다 그런데
그 생생하던 박꽃이 아침 녘에 나와 보니
쭈그러지고 늘어져 만신창이다

며칠 전, TV에서 한 영상을 보았다
얼마 전 도심 모텔에서 성매매 단속에 들켜
쫓기다가 그만 지상으로 뛰어내렸다는
미혼모의 죽음

하얀 꽃들로 둘러싼 영정 앞에
다섯 살쯤 된 어린 아들 하나 홀로 서 있다

가난한 생 하나가 하룻밤 사이에
먹먹히 무참히 갔다

사립문집

철쭉꽃이 환한 저 작은 사립문집엔 누가 살까

대숲 병풍 아래 미어캣 같은 굴뚝이 서 있고
억새 울타리 너머 허연 마당이 배를 내밀고 있다
파도가 뛰어들어 치럭치럭 짖어대도
사립문은 마음을 열어놓은 채 우두커니 서서
멀리 자맥질하는 배들만 바라보고 있다

채마밭 가까이 반쯤 열린 사립문은
누군가를 간절히 기다리는 모습이다
우리들이 들어서도
갯바람이 들어와 빨랫줄을 헤적거려도
이끼 낀 우물가에 새들이 노닥거려도
표정이 없다
담벼락에 걸어놓은 어구들만 나른하게 하품하고

누가 살고 있는 집일까
가끔 용왕님이 들리는 처소일까

고요한 눈

눈이 함박꽃 되어 푸지게 쏟아진다
어찌나 많이 오는지 길이 없다
하늘에 줄줄이 눈길을 걸어놓았나 쉼 없이 펄펄 내려
길바닥에 하얗게 쌓인다
순결의 영혼으로
세상의 악하고 더러운 때
성폭행, 절도범, 사기범, 살인범, 유괴범, 공갈범 등
거침없이 난무하는 범죄들 다 치워 덮을 요량으로
구석구석 온통 하얗게 만든다
곱게 살라고 삐뚤삐뚤 가지 말라고
허욕에 찬 나쁜 마음 갖지 말라고
세례를 주듯 소리 없이 지상을 고요히 덮는다
아득히 멀어지는 시야
햇볕도 비켜선 어둑해진 저녁 속에서
나풀나풀 하염없이 내린다

죄와 벌

성에가 낄 만큼 추위가 얼얼하다
아침볕이 거실까지 들어와 한층 따사롭다
세상살이도 이처럼 훈훈하다면 좋으련만

오늘 조간신문 사회면에 장 발장 같은 뉴스가 실렸다
버스 좌석에서 돈 몇 푼 훔친 스무 살 청년이 구속되었
단다
죄질은 나쁘나 사람이 가여운 것
앞날이 청청한 젊은 사람이 감옥으로 간다니 안타깝다

언젠가 어느 조직 폭력배들이 감옥에 가면서 외쳤다
'유전 무죄, 무전 유죄'
돈 있는 사람은 가벼운 형벌을, 가난한 사람들에게는
무겁게 형벌을 준다는 것.
단돈 몇만 원 절도인데 꼭 구속해야만 했는지
하늘에 묻고 싶은 마음이 굴뚝같다

요즘, 좋은 일보다는 나쁜 일들이 많아 신문보기가 두
렵다

꿈꾼 들녘

처음 보자마자 자석처럼 끌려 홀딱 벗은
그 싸움닭 같은 후끈한 몸 캄캄히 핀 어둠 끝 너머
물안개 피는 들녘에 톡톡
이팝꽃 핀다
조팝꽃도 핀다

꽃줄기 하얗게 피어오른 살비듬 좋은 아침
꿈꾼 들녘에 돌개바람 일어나
뱅글뱅글 돈다
뱅글뱅글 돈다

밤잠을 설치게 한 시의 언어들
어수선히 풀어놓고

동생에게

형제간의 아픔은 세월도 쉽사리 털어낼 수 없는 모양
이다
아둔하여 미처 생각 못 해 일어나는 후회
내 힘으로는 도무지 해결할 수 없었던 아픈 기억들
두 손을 놓은 채 꺼이꺼이 눈물만 쏟던 일
어쩜 그리도 소통이 두절되는지
한 걸음 다가서면 두 걸음으로 도망치는
무엇이 이토록 꼬이게 했는지
연유를 모른 채 멀리 깜깜하게 살아왔던 사이
소식마다 오해를 낳고 부스럼 만들고 갈등이 쌓이고
기어코 빗장을 열어
아집에서 온 좁은 생각의 벽이 무너져 버릴 때
오가며 형제의 마음을 나누어 따뜻할 즈음
심술처럼 병마가 일어나 가로막는다
급급한 나머지 목숨에만 어지럽게 매달리다 멍해진
이승과 저승으로 경계가 놓인 죽음이 믿기지 않아
아니 믿을 수밖에 없는 현실을 확인하면서 보내야만
하는
가슴에 박혀 부어오른 눈물을 쏟으며

마음의 심지를 치켜들고 기원한다
동생아
하늘에서는
아프지 말고 가난도 버리고 편안히 행복하기를

밤톨 깎기

윤기가 자르르한 밤톨에 칼을 들이댄다
반들반들한 몽돌처럼 야무져
어디서부터 칼을 들이대야 할지
요리조리 굴리다 머리부터 깎기로 했다

도톰한 껍데기를 깎아내리자 이번엔
솜털로 무장한 속껍질이 나온다
참 야무지게 보호막을 둘렀다
살살 긁어내자 뽀얗고 촉촉한 알몸이 손끝에 닿는다
순간 연민의 시선이 꽂힌다
한 생명체의 싹으로 자라 우람한 밤나무가 될 수도 있
었는데
풀숲에 꼭꼭 숨어 있었다면
지금쯤 발돋움하고 한창 자라고 있을 터인데
밤나무로 울창하게 살아갈 꿈이
어쩌다 내게로 와서 이런 참담한 지경에 이르렀는지
측은한 마음이 앞서
아서라 하면서 칼을 내려놓고 말았다

타작을 하다

한 철 떠받든 생이 토실하게 여물었다
그 무덥던 여름이 가을의 씨앗으로 맺었다

지난 초여름 묵밭을 고른 후 콩을 심었다
호미로 구덩이를 살살 판 후 콩 두세 알씩 묻어주면서
머릿속에는 계산기를 두드렸다
무엇이든 노력하면 노력한 만큼의 대가는 오기 마련.
욕심나게 잘 생겨야 세상을 판치는 것처럼
한 푼이라도 더 챙기려면 상품이 좋아야 한다
그러기 위해서 잘 자라기 위한 매질로
굴러다니는 여름을 잡아 호미 들고 달라붙었다

삼복더위에 살빛이 새카맣게 타도 아랑곳없이
머리에 수건 덮어쓰고 물병 메고 잡풀을 뽑아내면서
콩밭에서 맴을 돌았다
그렇게 땀방울 빚으며 구석구석 돌아본 노력에
줄기마다 콩꼬투리가 다닥다닥 붙어 볼록해졌다
꼬투리마다 만삭이 되어 금방 터질 것만 같다
바람에 햇볕에 토실하게 익은
와글와글 뻗은 콩 떨기 밑동을 잡아 수굿이 낫을 들이

대었다

　그야말로 가을을 휘감아 타작을 한다
　한쪽에 깔개를 풀어놓고 힘줄만큼이나 억센 콩 짐을
풀어
　탁탁 막대기로 두들겼다
　내려칠 때마다 껍질 속 알맹이들이 깜짝깜짝 놀라 튀
어나온다
　그토록 때려도 알맹이들이 하나같이 부서지는 일이
없다
　여름 내내 쏟아낸 땀방울들이 알곡으로 수북이 쌓인다
　힘은 들어도 거두는 재미가 뿌듯하다

　검불을 걷어내기 위해 키질하는 내게
　큰아들이 "엄마 참 용하시네" 하기에 대뜸
　"너희들도 이렇게 키웠지" 하자 모두들 함박웃음 짓는다
　움푹한 다라이에 수북이 차오른 노란 콩알들을 보면서
　내년에도 또 해볼 생각이다
　농사란 욕심 있고 부지런해야 한다는 체험도 얻었다

생명적 환희와 순환의식의 화두

문 광 영(문학평론가 · 경인교대 명예교수)

수필가이자 시인인 신영옥은 황해도 연백에서 출생했다. 7살 때 부모와 함께 인천으로 피난을 나온 그는 숭의동 산동네에서 어렵게 어린 시절을 보냈다.

수필가로서의 등단은 1993년(계간 『창작수필』)에, 시는 7년 후인 2010년(계간 『만다라문학』)에 등단했다. 그동안 출간한 작품집은 세 권, 수필집으로『꽃을 보듯 사랑한다』(2011)가 있고, 시집으로는 『풍경』(2008), 『그곳 서쪽 마을』(2017)이 있다.

이들 시집이나 수필집은 제목에서도 보듯 수많은 꽃 얘기가 들어있다. 황해도 연백의 고향이나 숭의동 주변에 그렇게 꽃이 많았던 걸까. 아니면 선천적으로 꽃과 같은 성정을 타고 난 때문일까. 이번 시집 「그만해라 가을산 무너지겠다」에서도 어김없이 꽃이 주 소재를 이룬다.

본 시집은 한마디로 꽃 시집이다. 꽃으로 시작해서 꽃으로 끝난다. 사물이나 동물 얘기는 거의 없고, 오로지

꽃과 나무 등 식물 얘기뿐이다. 먼 조상님들께서 사냥보다는 채식을 하였는지, 아니면 시인 자신이 전생에 꽃으로 살지는 않았는지, 아니면 젊음으로 돌아가고픈 아련한 미련 때문인지. 그게 아니면 이순을 넘은 나이에, 꽃의 아름다움에 밀려나는 자신에 대한 연민의 심리가 발동된 것인지 모른다. '만개한 왕벚꽃을 보면 눈물이 핑 돌고' '은은한 꽃향기를 맡으면 마냥 숨이 막힌다.'는 것, 그만큼 꽃에 대한 정염은 남다르고 집요하다.

1. 생명 예찬의 길, 그 열락적 이미지

봄이 오면 팝콘처럼 꽃이 터진다는 꽃의 시인 신영옥, 이번 시집은 봄꽃에서 시작하여 겨울꽃에 이르기까지 온통 꽃 천지의 시들로 가득 차 있다.

그래서 그런지 신영옥의 꽃의 시정은 생명적이고 열락적이다. 그녀가 보는 자연 세계의 꽃은 원초적이고, 생명적인 의미본질을 지니고 있는 것으로 본다. 그리하여 꽃이란 대상들은 주객일여主客一如의 열락悅樂적 상상력으로 다가가 풍요롭게 묘사된다. 이러한 시정의 바탕에는 자아와 세계를 충만한 합일 속에서 보고자 하는 그녀의 '엘랑 비탈'élan vital의 시 정신이 깃들어 있다. 곧 꽃이라는 대상 자체 안에서 일어나고 있는, 그 대상의 존재를 통하여 항상 새로운 자기를 형성해 가는 생명적 진화의 시 정신을 품고 있다. 그래서 그녀의 꽃 시는 조화롭고 온화하며, 생명성이 넘치는 생명 예찬의 열락적 이미지로 도처에서 미적 체험의 경지를 보여준다.

아 글쎄 어느 날 훈훈한 바람이 슬슬 다가오더니
아무 데나 찾아가 마구 안아 버리는 거야
구석구석 어루만지고 쓰다듬고 보듬는데 와~
세상이 온통 미치더라
하늘과 땅 사이 신열이 가득 노곤하고 싱숭생숭해지고
가랑이 벌린 가지마다 가슴이 두근두근 울렁울렁 오장육
부까지 환장하겠지
그렇게 내통하더니만 금방 배들이 봉곳
바람이 책임지냐?
요것들이 손을 저으며 애타게 찾는데 형형색색의 눈물들
을
펑펑 쏟는 거야
봄이래

– 「봄이래」 전문

시 「봄이래」는 형형색색 꽃이 핀 화창한 봄날 풍경을 의인화하여 열락적 시정으로 다가간다. 화자는 봄꽃 핀 세상을 '온통 미쳐버리고' '신열이 가득 싱숭생숭해지고' '오장육부까지 환장해지고' '형형색색의 눈물을 펑펑 쏟는다'는 충만한 봄기운을 토로한다.

이 시에서 '훈훈한 바람'과 '바람의 책임'은 시적 형상

화의 핵심코드로 작용한다. 곧 훈훈한 바람은 봄을 나르는 전령사로 "아무 데나 찾아가 마구 안아 버리"고, "구석구석 어루만지고 쓰다듬고 보듬는" 행위를 한다. 바람은 늘 어떤 성정 속에서 순환과 정화로 스스로 운동하면서 온갖 생명체들을 탄생과 운행, 변화시킨다. 구름을 만들어 내고, 온갖 생명체들의 기운을 불어주고, 하늘을 나는 모든 새들이며, 온갖 꽃씨들, 울음소리나 향기마저도 바람에 의지한다. 그래서 바람만큼 변화무쌍하고 다양한 성정을 지닌 대상은 없다. 뜨겁게 버럭 화를 내기도 하고, 슬프게 울부짖었다가도 포근하게 뭇 생명체들을 보듬기도 하고, 시퍼런 비수도 꽃을 줄 알고 해맑게 웃기도 한다.

> 목련나무에 꽃눈이 봉긋하게 솟아올랐다
> 겨우내 품고 있던 배들이 만삭이 되었다
> 모래집이 터지기를 기다리는 저들은
> 어디서 온 혼령들인가
> 웅크리고 바라보는 세상이 만만치 않은지 가슴 바르르
> 떤다
> 추웠으리라
> 몸이 온몸이 추웠으리라
> 그나마 따뜻한 햇볕에 몸을 녹이며 품고 있던 열망이
> 이제 어둠을 벗고 살포시 일어선다
>   -「목련나무」 부분

낮술에 취한 듯
두리번 두리번

저 꽃
하나를 보니
내 몸에서 국화주 향내가 난다

- 「산국화」 부분

나도 한 송이 붉은 꽃이 되어 산에 서 있다
산이 붉으면 같이 붉고

- 「둘레길에서」 부분

위 시는 생명적 약동이 꿈틀거린다. 봄의 전령사 목련
나무의 꽃눈이 열락적이고 생명적으로 그려지고 있는
것이다. 자목련인지 백목련인지 모르나 봉긋하게 솟아
오른 모습을 화자는 '모성의 만삭이 된 배들'로, '하늘의
혼령'으로, '땅이 품고 있던 열망'으로 각각 의미를 부여
한다.

서정시의 세계관에서는 자아와 세계는 분리되는 법이
없다. 서정시는 생의 순간적 파악, 감정을 노래한다. 그
래서 위 목련나무의 시편은 자연스럽게 자아와 목련꽃
의 세계가 의인적으로 동화, 합치되어 조화로운 감정을
드러낸다. "배들이 만삭" "가슴 바르르 떤다" "몸을 녹이
며 품고 있던 열망" 등 화자와 대상이 일체감을 드러내

면서 대상을 그려낸다. 시 「백목련」에서도 "텃새 떼지어 나는 하늘길/ 솟대 솟은/ 하얀 그리움" 등 활유법까지 동원되고 있다.

서정적 세계관, 그리고 자아의 욕망, 가치관에 적합한 것으로 만들고자 하는 동일성의 시학에서 기인한다. 그래서 신영옥 시인의 환희와 열락의 상상력은 동심적 회귀의 이미지나 물아일체物我一體, 곧 동화同化의 시학을 이룬다. "저 꽃/ 하나를 보니/ 내 몸에서 국화주 향내"가 난다며 너스레를 떤다. 또 산행의 둘레길에서도 "온 산이 붉은 옷으로 갈아" 입으면, "나도 한 송이 붉은 꽃이 되어 산에 서 있다"라고 일체감을 이루는 서정적 회감을 맛보게 한다.

> 저기 저 시퍼런 숲에 나뭇잎들 수다수다 떨며
> 들썩거리는 것이 뒤적거리는 것이 수상쩍다 했더니만
> 어머, 저것들 저 푸른 입가에 빨간 물드네 노랑 물드네
> 올라가고 내려가고
> 유별 떠는 몸짓 저것들
> 떠나려는 준비에 마음이 들떠가지고
> 술렁술렁 골짜기마다 절벽마다 색색의 층을 이뤄
> 현란케 하는 북새통에 산이 온통 아수라장
> 속절없이 번져 가는 단풍이여 산길이여 사람들이여
>
> 그만해라 가을산 무너지겠다
>
> ─「가을산」 전문

돌담 너머 복사꽃이 화사한
골목길을 지나다가
볼 일 급해 무작정 열려 있는
대문으로 들어갔다
엉덩이를 잡고 두리번거리며 찾았으나
아무도 없다
고요해
볼 일도 못 보고 엉겁결에 뛰어나오다가
도둑놈처럼 뛰다시피 오다가
멀찍이 뒤돌아본 그 집 복사꽃
아이들처럼 모여 까르르 웃는다

ㅡ「그 집 복사꽃」 전문

시 「가을산」은 단풍으로 물드는 가을산의 열락적 풍경
이 고스란히 담겨 있다. "술렁술렁 골짜기마다 절벽마다
색색의 층을 이뤄/ 현란케 하는 북새통에 온통 아수라
장"인 가을산에는 사람도, 자동차도, 바람도, 모두 몰려
든다. 그래서 시적 화자는 "그만해라 가을산 무너지겠
다"고 시정을 토로한다.

시 「그 집 복사꽃」은 화자 체험에서 비롯된 하나의 해
프닝 시다. 시의 후반부 풍경이 아주 열락적으로 재미있
게 구사되고 있다. 돌담 골목길을 지나다가 볼 일이 급
해 무작정 대문이 열려 있는 집으로 들어갔는데, 너무
고요해 도둑놈처럼 도망치듯 뛰어나왔다는 것. 그런데

불현듯 "까르르 웃는" 소리에 멀찌감치 뒤돌아보니 복사꽃뿐이었다는 것이다.

신영옥의 꽃 시편들에는 늘 수많은 길road이 등장한다. 그녀의 시에서 자주 등장하는 길은 들길, 밭길, 산길, 골목길, 벚꽃길, 노을길 등으로, 아주 다채로우며 열락적, 생명적 이미지를 드러내는 촉매 기능을 한다. 화자는 이 시적 공간에서 "춤추고 노래하고 맴돌고", 꽃과 한 몸 되어 "우줄우줄 수런거리며 툭툭 치며 킥킥거리며" 그림자마저 "길게 또는 짧게" 노니는 길이며, 어린 산새들처럼 산내를 빙빙 도는 길 등 다양한 모습을 보인다. 곧 동심적인 공간이 되기도 하고, 환희의 공간, 생명적 공간으로 꽃의 이미지를 가일층 환기시키는 풍요롭고 충만하게 이루어진다.

'길'이란 정신적인 세계와 물질적인 세계, 즉 형이상학적인 세계와 형이하학적인 세계를 다 포함시킬 수 있는 공간이자, 의미부여에 따라 시간적 의미도 갖는다. 그러니까 인간이 어떤 길을 따라, 혹은 어떤 길 위에서 삶을 영위한다는 것은 현실적인 의미도 있지만 어떤 미지의 장소를 향하는 상징적 의미도 내포하고 있다. 나아가 그 길은 공간적 과정뿐만 아니라 '출발'과 '귀착'이라는 두 가지 운동성으로, 또한 내부와 외부라는 두 개의 동심원상同心圓狀의 공간 영역으로 분할된다. 외부보다 좁은 내부는 현실에 처해있는 영역이며, 인간은 여기로부터 보다 광대한 외부영역으로 나아가고, 또 외부의 영역으로

부터 다시 돌아오는 그런 것이 길이다. 이런 점에서 신영옥의 꽃 시편들에서 보이는 '길'의 공간적 의미는 출발과 귀착, 전생과 이승, 이승과 내세 등을 오가는 메타적 의미의 시간성과도 그 맥락이 닿아 있다.

2. 그리움과 외로움의 패럴랠리즘parallelism

인간은 끊임없이 자기를 만들어간다. 시인의 자아정체성self identity의 둥지는 시적 대상들에 있다. 서정주가 '그립고 가슴 조이던 젊음의 뒤안길'의 방황 끝에 '내 누님' 같은 하나의 완성된 자아정체성을 획득해 갔듯이, 신영옥은 바로 꽃의 시편들을 통해 삶의 지평과 자신의 비전, 생각, 정서를 토로해 나간다.

신영옥의 꽃 시를 읽어가다 보면 그리움과 외로움의 시정을 자주 만난다. 외로워서 그리운 것일까? 아니면 그리워서 외로운 것일까? 그리움이 어떤 심리적 채움이 주는 기대감으로 외적 대상을 지향한다면, 외로움은 채워지지 않는 마음의 빈자리, 상실이 주는 내적 허무감으로 풀이된다.

신영옥의 꽃 시편에서는 그리움과 외로움은 그리움이 쇠잔되어질 쯤에 외로움과 쓸쓸함으로 드러나는 일관된 시정을 보인다.

나는 보았다
네가 언덕배기에 앉아 하얗게 웃고 있는 것을
누군가 그리워하고 있는 것을
향긋한 꽃내음 풀어놓고 애타게 기다리고 있는 것을
그토록 기다리다 외롭게 가버리는 것을
내내 있다 떠난 자리에
핏물 같은 시린 열매 쓸쓸히 맺혀 있는 것을

찔레야
네 고요한 영혼이 캄캄한 하늘에
별꽃으로 촘촘히 뜨는구나
— 「하얀 찔레」 전문

　　시 「하얀 찔레」에서는 찔레꽃을 통하여 자신의 그리움
과 외로움, 쓸쓸함의 정감을 그려내고 있다. "언덕배기
에 앉아 하얗게 웃고 있는 것"과 "꽃내음 풀어놓고 애타
게 기다리고 있는 것"은 누군가에 대한 '그리움'의 표상
이며, "핏물 같은 시린 열매 맺혀 있는 것"은 외로움과
쓸쓸함의 표상이다. 그 기다림과 외로움, 쓸쓸함의 실체
는 드러나 있지 않다. 다만 그 애타는 기다림의 끝이 외
로움과 쓸쓸함으로 변하여 열매로 맺는다는 시적 논리
로 풀이된다. 그리하여 그 간절한 꽃은 소멸되는 것이
아니라 하늘의 별꽃으로 다시 피어난다고 하는 순환의
식이 자리한다.
　　오세영 시인은 그의 시에서 "꽃들은 별을 우러르며 산

다"고 했다. 그리움을 지향하는 이 시구의 의미를 확대하면, '꽃들은 하늘의 별들을 우러르며 살고, 별들은 지상의 꽃들을 우러르며 산다'고 말할 수 있다. 그래서일까. 시인은 찔레꽃이 지면, "네 고요한 영혼이 캄캄한 하늘에/ 별꽃으로 촘촘히 뜨는구나"라고 했다. 지상의 꽃은 소멸하는 것이 아니라 우러렀던 별꽃으로 촘촘히 뜬다는 것, 얼마나 아름다운 그리움에 대한 상상력인가. 그렇다면 천상의 별들도 언젠가 내려와 지상의 꽃별로 피어날 것이다. 꽃과 별, 그래서 지상이 아름답고 천상이 아름다운 것이 아닐까.

　　노인이 갈꽃 한 다발 손에 들고 휘적휘적
　　길을 걷는다
　　일렁대는 갈꽃 향기
　　저녁 햇살에 한 줌씩 날린다
　　노인과 갈꽃
　　갈꽃과 노인
　　외롭고 쓸쓸한 마음 닿았던가
　　　　　　　　　　　　　　　　　－「두 가을」 부분

　　백발이 되고서야 세상을 보네

　　굽어진 야윈 몸에
　　누런 옷 하나
　　걸친 삶

욕심 없는 자태가 소박해서 오히려 넉넉해 보이네

풀 섶마다 빈자리뿐
허전해도
혼자 남은 외로움 아름다워 보이네

－「갈대」 부분

시 「두 가을」에서는 어스름 저녁, 갈꽃 한 다발 들고
휘적휘적 걷는 노인의 풍경이 외롭고 쓸쓸하게 그려지
고 있다. 하얀 갈꽃 향기와 백발의 노인이란 존재자, 유
한적 존재의 시간성 속에서 둘 다 막바지 생의 끝머리에
있다. 시인은 이 의미를 강조하기 위해서 "노인과 갈꽃/
갈꽃과 노인"을 반복하면서 공존적 의미를 곱씹으라 한
다. 생의 물살에 이끌려 온 지고지난한 세월 속의 갈꽃
과 노인. 이제 붉게 물든 태양도 하루를 접듯이, 존재하
는 것마다 생의 종말을 피해 갈 수는 없다. 모든 존재하
는 것들마다 유한하지 않은 것은 없다. 죽음이란 끝이
있는 것. 그저 생이란 "저녁 햇살에 한 줌씩 날린다"는
갈꽃 향기와 같다는 것이다.

화자는 생의 끝머리에서 만난 갈꽃과 노인을 통하여
"외롭고 쓸쓸한 마음 닿았던가"를 반문한다. 해 저물녘
들길의 고독으로, 궁극적으로 생이란 외롭고 쓸쓸하다
는 것 아닌가.

시 「갈대」에서도 외로움의 시정이 읽힌다. 갈대의 가을

꽃을 의인화하여 백발로 보고, 노후의 백발이 되고서야 비로소 세상을 본다는 것이다. 나아가 가을 갈대가 "굽어진 야윈 몸에/ 누런 옷 하나/ 걸친 삶"으로 소박해서 넉넉히 보이고, "풀 섶마다 빈자리뿐/ 허전해도/ 혼자 남은 외로움"이 있어 아름답게 보인다는 것이다. 문득 누더기를 걸친 성철 스님과 기인 걸레 스님 중광이 떠오른다. 곧 갈대의 이미지에서 "나는 쓸데없는 사람이라서 이런 누더기밖엔 입을 수가 없지. 좋은 옷은 큰일을 하는 그런 사람들이나 입는 것이지."라는 성철 스님의 말씀이 연상되는 것이다.

> 겨울의 짧은 햇살 물고 솔잎 가지에
> 솔방울이 날개를 활짝 폈다
> 켜켜이 벌어진 속살
> 들여다보면 아무것도 없는
> 알갱이 털어낸 비쩍 마른 고갱이다
> 그 남루한 고갱이 품에서
> 에두른 숨결이 경련처럼 일어나
> 꽃이 아닌 꽃의 모습으로
> 무명의 꽃으로
>
> ─「솔방울」 부분

한겨울 솔방울의 모습에서도 외로움이 묻어난다. 화자는 꽃이 아닌 솔방울을 "무명의 꽃"으로 보고 있다. "알갱이 털어낸 비쩍 마른 고갱이"로서 솔방울은 그저 "겨울의 짧은 햇살 물고 솔잎 가지"에 "켜켜이 벌어진 속살"로서만 존재하고 있는 것이다.

지상에는 꽃이 피어 향기를 발하고 하늘에는 별이 빛나고 인간에게는 시가 있다. 꽃이나, 별이나, 시나 이들은 세계에 그냥 던져진 존재인 동시에 존재자의 들이다. 이 가운데 '꽃이 있음'이란 존재 영역은 하이데거가 고민한 세계요, '꽃이 있는 것'으로 존재자에 관심은 데카르트의 관심 영역이었다.

신영옥은 존재로서 '꽃이 있음'과 존재자로서 '꽃이 있는 것, 혹은 있어야 하는 것' 사이의 경계지점에서 늘 고민하는 시인 같다. 시적 화자나 꽃이란 유한적 존재자로 순간에 피고 진다. 그래서 신영옥은 이러한 철학적 화두를 던진다. 도대체 순간에 왔다가 사라지는 꽃이란 존재는 무엇이며, 왜 꽃은 존재해 있는가 라는 존재 사태로부터 나아가 꽃과 자신과의 관계 속에서 꽃이란 존재자에 대한 지고한 물음을 던진다.

그런 점에서 시인은 시적 감수성의 촉수로 존재자들의 현상 너머에 있는, 감추어진 세계의 이면을 들추어내려 한다. 일찍이 하이데커M. Heideger는 존재와 존재자를 구분하고, 언어를 '존재의 집'으로 보면서 시를 철학적 화두의 대상으로 삼았다. 그리하여 횔더린F. Holderlin의 시에 깊은 관심을 갖고 현존재인 인간의 존재 문제를 규명코자 하였다.

여기에서 신영옥은 거꾸로 꽃의 시편들을 통해 꽃이란 존재와 존재자로서의 꽃의 의미를 탐색해 나간다. 곧 '있음'으로서의 꽃과, '있는 것, 있어야 하는 것'으로서의 존재자와의 관계를 시정詩情을 통해 풀어내려고 하는 것이다. 존재를 벗어나 존재자로서 있는 꽃은 늘 유한적 시간성을 동반한다. 신영옥은 존재자로서의 관계망 속에서 꽃에 의미를 부여하거나 또는 해석을 내리면서 생의 지평, 일상의 정서, 감정을 토로한다. 화자의 관계 속에 각각의 존재자로서. 그 꽃들의 존재 사태는 시편마다 다양하게 드러난다.

　　엄마가 떠날 때도
　　그 산자락 실바람들 달려와 구슬프게 풀잎들 울렸는데
　　숲속 뻐꾸기도 다가와 뻐꾹 뻐꾹
　　목젖이 붓도록 애타게 울었는데
　　　　　　　　　　　　　－「엄마가 떠날 때도」 부분

　　기어이 상주喪主로 날아온 뻐꾸기
　　제의를 목에 걸고 하늘에다 신위를 꽂았다
　　숲을 깃발처럼 내걸자
　　속리산에서 삶을 거둔 늙은 노송이 오고
　　덫에 걸려 죽은 지리산의 하얀 반달곰도 찾아오고
　　로드킬당한 지렁이도 오고
　　외제 황소개구리에게 먹힌 등이 파란 청개구리도 오고
　　지하도 모퉁이에서 얼어 죽은

노숙자의 한 서린 눈빛도 보인다
심지어 처마에 걸린 목어까지 다 와있다
-「뻐꾸기 울음」 부분

봄을 장악하는 것은 꽃들뿐만이 아니다. 앞산 뒷산 실
바람에 묻어 "목젖이 붓도록 애타게" 울음을 토하는 뻐
꾸기 소리가 있다. 시「엄마가 떠날 때도」나「뻐꾸기 울
음」은 뻐꾸기 소리가 주는 청각 이미지를 통한 화자의
그리움 의식과 더불어 초혼의식이 그려지고 있다. 시인
은 뻐꾸기 소리에 "어머니의 혼령"이 깃들어 있고, "상주
喪主" 역할을 하기도 한다. 그래서 신영옥의 시에서 뻐꾸
기 울음은 봄꽃들이 주는 시정처럼 슬픔이나 그리움 등
을 드러내는 코드로 작용한다.

신영옥의 시에서 어머니나 친구에 대한 그리움 의식은
시편 도처에 깔려 있다. 시장통 속 노랑 고구마 앞에서
"어머니 생각이 떠올라서 어느새 마음 복판에 앉아 내다
보시는 듯해서"(「속 노랑 고구마」) 무작정 샀다든가, "산모
퉁이 돌아가는 개울물 소리"(「우수」)가 들리거나, "천상에
서 마실 나온 엄마"(「카톡 편지」)의 꿈을 꾼 친구를 부러
워하며 그리워한다든가, 가을의 귀뚜라미 소리만 들으
면 통영에 있는 친구를 그리워하는 것(「9월이 오면」) 등이
다. 이들 청각적 이미지들은 하나의 객관적 상관물
objective correlative로 쓰일 때도 있다.

위 시에서 보듯 뻐꾸기 울음은 어머니에 대한 그리움

의 표상이자, 고향 회귀의 정서요, 만물의 영혼을 불러내는 초혼의 표상이다. "새잎 돋는 연둣빛 산하를 보면/ 혹여 길 가다가 뻐꾸기 소리 들리면" 마냥 엄마가 그립고 슬퍼서 울고 싶다고 한다. 나아가 뻐꾸기 울음은 산하의 모든 혼령들을 일깨우는 신위의 코드로 작용한다. 곧 주술적인 코드로서 뻐꾸기 울음 속에는 '속리산의 노송'이며 '덫에 걸려 죽은 지리산의 하얀 반달곰' '로드킬 당한 지렁이'를 비롯하여 '처마에 걸린 목어' 까지 찾아온다는 것. 어떠한가. 초혼의 상상력이 퍽 재미있지 않은가.

예부터 뻐꾸기 소리는 다양한 정서로 각종 시편에 단골로 등장했다. 일찍이 서구 낭만주의 대가 워즈워드w. Wordsworth는 기쁨을 드러내거나 방황하는 이미지로 썼다. 그리고 우리 선조들은 피를 토하는 애절한 울음이거나, 채워지지 않는 그리움으로 시인의 마음이 투영되는 매개체로 써왔다. 나아가 전원적이고 목가적인 분위기 내지는 고향 회귀의 정서를 드러내는 객관적 상관물 등으로 다채롭게 끌어다 썼다.

3. 만남과 이별의 순환의식

동식물이나 사람이나 움직이는 모든 만물은 생성과 소멸이라는 순환 운동을 한다. 꽃이 피어났다가 지고, 인간이 태어났다가 죽는 것처럼, 동쪽에서 해가 떴다가 서쪽 노을로 사라지는 것도 하나의 생명체로서 탄생과 소멸, 죽음이라는 순환의식과 관련되어 있다. 만남과 이별의 순환, 윤회의식은 꽃과 노을, 낙엽 등의 사물을 통하여 다양하게 변주된다.

> 몸 굴리며 왔다 여기까지
> 뜨거운 입김 흥건히 뿜어내며 허기지게 달려온
> 고단한 몸 아래
> 저녁 바다 성큼 일어나 날개를 펼친다
> 다가서는 어스름 덮일까
> 하늘 잡고 등 언저리 풀어 환히 낭창낭창 타는 살
> 더 바랄 게 뭐 있나
> 마지막 순간까지 싸안은 이 뜨거움
> 가장 낮은 세상 다 풀어 사르고 가리
> ─「석양」 부분

> 한편 나뭇가지에서는
> 아직 꽃술이 마르기도 전인데
> 연둣빛 새잎이 돋아나 꽃들 툭툭 떨어내고 있다
> 시샘인가 질투인가
> 밀어내고 밀려나는 인생도 저런 것인가
> ─「산벚꽃 길」 부분

시 「석양」에서는 화자가 태양이다. 화자가 스스로 태양이 되어 독백적 진술로 이루어진다. 독백적 진술은 시인인 화자가 스스로 대상이 되어 반성하고 기원하는 시 형태의 성격을 지닌다. 시인은 태양이 스스로 "몸 굴리며" 하루의 일과를 마치고, "저녁 바다 성큼 일어나 날개를 펼친다"고 하면서 약동적 이미지를 드러낸다. 나아가 이를 의인적 이미지로 "하늘 잡고 등 언저리 풀어 환히 낭창낭창 타는 살"로 묘사하여 실감미를 안겨준다. 후반부에서는 "마지막 순간까지 싸안은 이 뜨거움/ 가장 낮은 세상 다 풀어 사르고 가리"라는 따뜻한 화자의 포용의식을 드러낸다.

신영옥의 시에서 이러한 태양의 노을 이미지는 곳곳에서 볼 수 있다. "수면으로 내려앉는 저 아름다움/ 노을로 채워주는 그리움입니다"(「월미도에서 1」), "저녁노을이 지는 길 위에 그윽이 두 가을이 놀고 있다"(「두 가을」), "저녁 어스름이 내리면/ 저마다 눈빛은 바다를 향해 가슴을 연다"(「월미도에서 2」) 등에서 그리움이나 아름다움, 아쉬움 등 헤어짐의 전조라는 파편적 의식을 드러낸다.

시 「산벚꽃 길」에서는 꽃처럼 태어나, 꽃처럼 살다가, 꽃처럼 사라지는 이별, 곧 소멸의식이 그려지고 있다. 곧 "꽃잎들 후르르 떨어져 붉은 노숙자"로 흩어지는 "한 철도 못 보낸 생, 고작 이런 건가"라는 순간의 생애 뒤에 허무하게 떠나는 인생무상의 이미지가 보인다.

이러한 석양의 '노을'이나 '꽃'의 속성이 주는 자연 생명체들의 만남과 헤어짐, 곧 탄생과 소멸은 순환하는 자연의 질서로, 바로 우리 자신이기도 하다. 그런데 신영옥이 보는 노을의 하강 운동을 윤회의 순환운동으로 보면 단순히 죽음과 소멸만을 의미하는 것만이 아니다. 그녀는 독실한 크리스천이지만, 그녀의 원초적 의식에는 동양적 운명관이 자리 잡고 있는 듯하다. 그래서 불가적 측면에서 보면, 윤희輪廻의 원환적圓環的 질서 속에 죽음(소멸)이 곧 탄생(재생)이라는 이중성을 지니면서 상승, 초탈하는 상승적 의미를 담고 있기도 하다.

붉은 노을 아래의 "날개"의 이미지나 "노인과 갈대"의 이미지, "눈빛은 바다를 향해 가슴을 연다"는 속세적인 이미지를 담고 있다. 이들은 천상天上과는 반대되는 개념인 속세적인 세계를 대치시켜 놓고 있는 것에 불과하다. 다시 말하면 석양에 노을이 지는 것, 꽃이 피고 지는 것, 이런 이미지들은 세속적인 세계를 상징하는 이승적 삶의 의미를 지닌 이미저리들이다. 그녀의 시에서 수없이 등장하는 꽃의 이미지도 저마다 생명체가 지닌 일회성의 소멸을 뜻하지만, 그 저변에는 초탈이라는 내세관이 자리 잡고 있다고 보는 것이다.

꽃들이
온 산하를 다 깨워 봄을 지킨다
〈중략〉
진달래가 피어나고, 진달래 지면 철쭉꽃 피어나고
아카시아 꽃 피워 향기 질펀해지면

슬며시 밤꽃 냄새가 찾아온다

봄을 붙잡고
생애 한 번인 것처럼 목젖 풀어놓는 꽃불들
한 번 가면 다시 오지 않는 삶,
이 좋은 세상, 이왕이면 한껏 살다 가겠다고
                          —「꽃들이 봄을 가꾼다」부분

꽃단장 분단장 접고 시든 눈시울로
먼 길 나서는 길목
바람 한 줌 찾아와 머뭇대고
햇살 한 줌 들어와 어루만지네

먼저 간 큰 누이 목련처럼
다시는 못 본다 하며
꽃도 바람도 햇볕도 서로 이별하네
                          —「인연因緣」부분

　「꽃들이 봄을 가꾼다」와「인연因緣」이란 시에는 봄꽃들
의 만남과 헤어짐이라는 인연 의식 내지는 순환의식이
드러나고 있다. 인연이나 순환으로서의 윤회적 시각에
서 보면, 신영옥이 혹시 전생에서 꽃으로 살지는 않았는
지 의심이 갈 정도다. "이 꽃이 피면 저 꽃이 지고, 저 꽃
이 지면 이쪽에서 꽃이 핀다"라는 상상도 그렇고, 그런

순환 속에서 "꽃들이 봄산을 지켜간다"고 노래했기 때문이다.

위 시편에서 보듯, 온갖 그녀의 시들마다 꽃이 피어나고 있다. "매화꽃 지면 산수유꽃, 산수유 지면 백목련꽃/ 백목련꽃 지면 연달래꽃 피고, 연달래꽃 지면/ 진달래가 피어나고 … 아카시아 꽃 피워 향기 질펀해지면/ 슬며시 밤꽃 냄새가 찾아온다"고 노래한다. 그렇게 꽃들은 생애 한번 "목젖 풀어놓는 꽃불들", 지고 나면 다시 오지 않는 삶, "한껏 살다 가겠다고" "꽃들이 봄을 가꾼다"고 말한다. 이러한 생명적 환희의 탄생을 그녀는 "꽃들이 온 산하를 다 깨워 봄을 지킨다"고 시적 논리를 펼쳐 나간다.

이 꽃과 저 꽃의 만남은 우리 인간들의 만남이요, 존재하는 온갖 사물들의 만남, 인연생기因緣生氣의 결과이다. 꽃이나 사람이나 만물은 서로 얽혀있는 존재, 얽혀 있음의 관계 속에서 연을 맺고 만났다가 결국 헤어진다. "개나리, 진달래 벌써 천상으로 가네/ 냉이꽃, 제비꽃도 덩달아서" 존재했던 것들은 모두 가버리고 사라진다. 그래서 "꽃단장 분단장 접고 시든 눈시울로", 급기야는 "꽃도 바람도 햇볕도 서로 이별"이란 눈시울의 아픔을 겪는다는 것이다. 이 시에서 "바람 한 줌"이나 "햇살 한 줌"은 인연의 만남 속에서 벌어진 이별의 촉매적 코드로 작용한다.

신영옥은 이 시편에 '인연因緣'이란 시제를 붙였다. '인연'은 원래 불교용어로 '연기사상緣起思想', 또는 결과를 내는 원인(因)과 조건(緣)을 가리킨다. 인(因)이 씨앗이라면 연(緣)은 밭인 셈이다. 이 삼라만상 속에서 아무리 사소한 사물일지라도 인연으로 일어나 인연으로 사라지지 않는 것은 없다. 우리는 사람을 만날 때 인연'이라는 말을 많이 쓴다. 이런 세속적 만남의 인연은 순간적이다. 여기에는 헤어짐이란 귀결이 필시 수반되는 것이고. 그래서 외로운 것이고, 슬픔 같은 파편적 정서가 드러나는 것이다.

저기, 누런 잎들이 소슬바람 풀어내고 있는
골짝에
공중에 올라
이리저리 맴돌다 떨어지는 나뭇잎들

이제 가야 한다는 준비를 이룬 것처럼
미련도 아쉬움도 없이
웃음인지 울음인지 모를
마른 옷깃 흔들며 모체에서 떠나고 있다

가장 가벼운 몸으로 떠나는
저 많은 잎들의 영혼은 어디로 가는 걸까
세상 끝 너머 어디쯤일까

— 「자작나무 숲에서」 부분

시 「자작나무 숲에서」에서는 소슬바람에 날리는 누런

자작 나뭇잎 풍경이 시화하고 있다. 자작나무의 노란 낙엽도 다름 아닌 가을꽃의 하나이다. 곧 "골짝에/ 공중에 올라/ 이리저리 맴돌다 떨어지는 나뭇잎들"도 꽃의 하강 운동이자 순환 의식의 표상이다. 시인은 그 누런 나뭇잎들이 "가야 한다는 준비를 이룬 것처럼" "미련도 아쉬움도 없이/ 웃음인지 울음인지 모를/ 마른 옷깃 흔들며 모체에서 떠나고 있다"고 이별의 정감을 노래한다. 그 가벼운 잎들이 헤어져 사라지는 곳이 서방정토인지, 어떤 천상의 세계인지는 모르겠으나, 화자는 다시 환생을 암시하는 "영혼"으로 치환시키고 있다. "세상 끝 너머 어디쯤일까"라는 시적 화두와 "기도하는 구도자의 모습"이라는 지평에서 마치 세속적 욕망과 번뇌를 이겨내고 종교적으로 승화된 궁극적인 어떤 내세의 세계를 상징하는 이미지로 해석되는 것이다.

황금알 시인선